खुली आंखों के ख्वाब

- साक्षी श्रीवास्तव

Book*Squirrel* Publication

Book*Squirrel* Publication

Regd. Under MSME Act.

"खुली आंखों के ख्वाब"

By: Sakshi Shrivastava

ISBN: 978-93-89106-63-3

Hindi Poetries

1st Edition

Book Formatting: Rubal Choudhary

Book Editing: Mulaikah Ansari

Cover Design: Ashutosh Das

Bio

मेरा नाम साक्षी श्रीवास्तव है। मैं रीवा, मध्य प्रदेश की रहने वाली हूँ। मैं कक्षा 12 की छात्रा हूँ। लिखना मेरा शौक है और मुझे लेखन से बहुत प्यार है क्योंकि यह एक ऐसा ज़रिया है जिससे हम अपने मन के विचारों को बड़ी आसानी से दूसरों तक पहुँचा सकते हैं। लिखने का मेरा सफर अक्टूबर 2018 मे शुरू हुआ। मैंने कई कविताएँ लिखी। मैं एक प्रकाशित लेखिका हूँ। मेरी कविताएँ कई कविता संग्रहों और पत्रिकाओं में प्रकाशित हुई है। लिखने का मेरा उद्देश्य सिर्फ इतना है कि मैं अपने मन के भावों और विचारों को दूसरों तक पहुँचा सकूं।

लेखक बनने का सफर मेरे लिए काफी मुश्किल रहा और आज भी मुश्किलें कम नहीं हैं। अभी तो बस मैंने अपने हुनर को तराशना शुरू ही किया है और मुझ पर मुश्किलों का पहाड़ टूट पड़ा है। कभी मुझ पर साहित्यिक चोरी का इल्ज़ाम लगाया गया तो कभी मेरी कविता को अस्वीकार किया गया। लेकिन में उनमें से हूं जो अपनी कठिनाइयों का सामना कर नया रास्ता बनाते है और अपनी मंज़िल सामने पाते है। इसी हिम्मत और जज्बे के साथ मैंने अपने लेखन कार्य में सुधार किए और बेहतर से बेहतर लिखने का प्रयास किया और अन्य काव्य संग्रहों में अपनी कविताओं को विशेष रूप प्रदान करने की कोशिश की। और इस ही तरह ये मेरा पहला काव्य संग्रह आप सबके सामने प्रस्तुत किया। आशा है कि इनमें लिखी पंक्तियां आपके दिल छू ले और इनमें से आपको कुछ सीखने मिले!

अस्वीकरण

(DISCLAMER)

हमने अपनी तरफ से पूरी कोशिश की है कि साहित्यिक चोरी जैसी अनूचित घटना इस किताब के लेखक द्वारा दिए गए लेख में ना हो । परंतु हमारी जाँच-पड़ताल के बावजूद अगर इस किताब में लिखित किसी कविता में चोरी पाई जाती है तो इसके लिए केवल लेखक ज़िम्मेदार है ।

अभिस्वीकृति

(ACKNOWLEDGEMENT)

"आज गुमनाम हूँ कल मेरा भी नाम होगा,

ये वक्त है जनाब, आज आपका है कल मेरा भी होगा।"

प्रस्तुत किताब में जीवन के विभिन्न अनुभवों से प्रेरित कविताओं और शायारियों को संकलित किया गया है।

मैं अपने शिक्षकों, परिवार के सदस्यों, मित्रों और उन सभी का धन्यवाद करना चाहूंगी जिन्होंने मुझे लिखने के लिए प्रेरित किया और हर मोड़ पर मेरा साथ दिया क्योंकि उनकी प्रेरणा और साथ के बिना ये पुस्तक संभव न हो पाती।

मैं आशुतोष जी का भी धन्यवाद करना चाहूंगी क्योंकि इन्होने ही सभी रचनाओं को इतने सुंदर ढंग से प्रस्तुत किया है।

मैं बुक्स स्कवीरिल पब्लिकेशन्स का भी धन्यवाद करना चाहूंगी जिनके कारण यह रचना पाठकों के सामने आई।

शायरी

मेरे जाने के बाद तुम मुझसे मिलने के बहाने ढूँढोगे,

अभी साथ हूँ तो मेरी कदर कहाँ करोगे।

मेरे हाथों की लकीरों में तेरा नाम न हुआ तो क्या हुआ,

हम लेखक हैं जनाब, खुद ही लिख डालेंगे।

ले आओ मेरी डायरी और कलम, आज कुछ लिखने का मन किया है,

शायद इस दिल ने आज फिर तुझे याद किया है।

दुःख इस बात का नहीं है कि तूने मेरा भरोसा तोड़ा,

दुःख इस बात का है कि तूने मुझे किसी पर भरोसा करने लायक नहीं छोड़ा।

हम तो उनसे इसलिए रूठे कि वो हमें मनाएंगे,

हमे नहीं पता था कि वो हमें भूल ही जाएंगे।

ज़िन्दगी की डोर में सपनों के मोती पिरो तो लिए पर मजबूत इरादों की गांठ लगाना भूल गयी,

अब ज़िन्दगी तो वही है बस सपने बिखर गए।

एक दिन आएगा जब तुझे तेरी सारी गलतियों का एहसास हो
जाएगा और तू मुझसे माफी मांगने आएगा
पर मैं तुझे माफ नहीं कर पाऊंगी क्योंकि कब्रे बोला नहीं करती।

हमे कह दिया होता तो तुम्हारी ज़िन्दगी से चले जाते,
खुशी खुशी न सही दुखी होकर ही निकल जाते।

जो कभी मेरी मुस्कुराहटों का कारण हुआ करते थे,
आज वही मेरे आंसूओं की वजह बन चुके है।

पहले तेरा ज़िक्र इन लबों पर था,

अब तेरा ज़िक्र इस दिल में है।

ऐसा नहीं है कि अब तुझे चाहती नहीं,

बस अब किसी से कहती नहीं।

कैसे कह दूँ तुझसे प्यार नहीं,

जबकि मेरा लिखा एक लफ्ज़ भी तेरे ज़िक्र से महरूम नहीं।

आप क्या समझते हो दूरियां बढ़ा लेने से या बात ना करने से ये कम हो जाएगी?

यह मोहब्बत है जनाब दिन बदिन बढ़ती ही जाएगी।

जो साथ रहने की कसमें खाई थी मेरे साथ,

क्या निभाओगे उसके साथ?

मेरे हाथों की लकीरें भी अब मुझसे पूछा करती हैं

“पहले तो खूब नाम लिखती थी, अब क्या हुआ?”

फ़िज़ा में तेरी खुशबू घुली हुई है,

शायद ये हवा तेरे शहर से होकर आई है।

अब अगर हिचकियाँ भी आए तो बिना कुछ सोचे पानी पी लेती हूं,

क्योंकि पता है मुझे कि वो अब याद नहीं करेंगे।

उनके लिए लिख-लिख के ना जाने डायरी के कितने पन्ने भर डाले,

फिर भी उन्होंने बड़ी असानी से कह दिया बहुत हैं हमारे चाहनेवाले।

उनकी आँखों की मयकशी में हम कुछ यूँ खोते चले गए,

वो आँखों से जाम पिलाते रहे और हम पीते चले गए।

उनकी नज़रों का सुरूर हम पर कुछ इस कदर चढ़ गया,

हमें होश ही न रहा कि कब ये दिल उनका होगया।

हँस लेते हैं हम भी खिलखिलाकर,

क्योंकि पता है कोई मतलब नहीं है दुनिया को अपने आँसू दिखाकर।

मेरी नज़र आपकी नज़र से कुछ यूँ टकरा गई,

मुझे पता ही नहीं मैं आंखों ही आंखों में क्या कह गई

बारिश की गिरती बूँदें कहती हैं कुछ कहानी,

हाँ, हूँ में पागल और तेरी दीवानी।

टूटा हुआ दिल लेकर कहाँ जाए हम,

अपनी महफ़ील में आपके नाम से क्यों पहचाने जाए हम।

टूटे हुए का सहारा बनने आए थे,

और तोड़कर चले गए।

चलती कलम भी रुक जाती है,

जब जब तेरी याद आती है।

जो हंसते हुए को भी रुला जाए,

उसे इश्क नहीं तो क्या कहा जाए!

महफ़िलो में तेरा ज़िक्र आते ही

ये कम्बख्त मुस्कान चेहरे पर आ ही जाती है।

कोई यूँ ही दुःख भरी कविताएँ नहीं लिख सकता

बहुत दर्द सहना पड़ता है।

तुम्हारी आँखों में आँसू देखकर आज भी

मेरी आँखें नम हो जाती हैं, लगता है अभी भी तुमसे प्यार है।

हर बार आँखों से अश्क़ नहीं बहता

कभी कभी वो किसी का इश्क भी होता है।

दुआ है कि तुझे कोई ऐसा मिले जो तुझे मुझसे भी ज्यादा प्यार दे

ताकि तू मुझे याद करे और सोचे "वो भी कितनी पागल थी।"

जिन्हें मेरी ज़िंदगी से जाना था वो चले गए

बहाना चाहे जो भी रहा हो पर चले गए बस अपनी यादें छोड़ गए|

लोग कहते है इतना अच्छा कैसे लिख लेती हो,

अब उन्हें क्या पता कि एक-एक पंक्ति के पीछे कितना दर्द छुपा है।

आज भी जब उन गलियों से गुज़रती हूँ

तो तेरी याद आ ही जाती है।

कुछ लोगों के बीच का रिश्ता जूतों की जोड़ी की तरह होता है

एक के बिना दूसरा भी किसी काम का नहीं रह जाता है।

बाँध दिया मन्नत का धागा,

दुआ में सिर्फ तुझे ही मांगा।

आँखों में आँसू,

चेहरे पर मुस्कान,

यही है सच्चे प्यार की पहचान।

लाख छिपाने पर भी मेरे आंसू देख ही लेती है।

वो मेरी माँ है जनाब मुझे रोने कहा देती है।

ए - जिंदगी ज्यादा परेशान मत कर,

ये तो मेरी माँ की बदौलत है वर्ना तुझे तो कब का खत्म कर दिया होता।

इस बात का गुरुर मत कर कि तुझे चाहनेवाले बहुत हैं

अक्सर सस्ती चीजों के बहुत खरीदार हुआ करते है।

एक नहीं दो-दो मात्राएँ धारी,

नर पर भारी नारी।

आज गुमनाम हूँ, कल मेरा भी नाम होगा,

ये वक्त है जनाब आज आपका है कल मेरा भी होगा।

लाख छिपाने पर भी मेरे आंसू देख ही लेतीहै।

वो मेरी माँ है जनाब मुझे रोने कहां देती है।

जब मैं तुझे याद करके रोइ थी

तो बिना कारण जाने मुझे चुप करानेवाली मेरी माँ थी।

किसी ने हमसे पूछा "आपकी जिंदगी में खुदा की सबसे बड़ी इनायत क्या है?"

हमने मुस्कराकर कहा "माँ"|

बेवजह मुस्कुराना मेरी आदत बन गई है,

खुश रहना अब मेरी फितरत बन गई है,

आप जो आए ज़िंदगी में,

ये दुनिया जन्नत बन गई है।

तन्हा रातों में आज भी तकिये भिगो देती हूँ,

आज भी तुझे याद करके रो देती हूँ।

तेरे साथ बिताए लम्हों को चुन-चुनकर सपनें संजो लेती हूँ,

तुझसे न सही तेरी तस्वीर से बातें कर लेती हूँ।

वो आफताब था मैं महताब थी,

वो दिन था मैं रात थी,

वो पत्थर था मैं काँच थी,

वो पानी था मैं आग थी,

इसलिए हम मिल ना सके,

इसलिए मैं टूट गयी,

इसलिए मैं बुझ गयी।

आंसूओ की जगह अब मुस्कुराहटें लेने लगी है,

शायद ये दिल तुझे भूलने लगा है।

रात में नींद और दिन में चैन अब पड़ने लगा है,

शायद तेरे प्यार का नशा अब उतरने लगा है।

कविताएँ

कलाकार

पहले हम रंगों से खेला करते थे,
पर कम्बख्त तेरी यादों के कारण अब शब्दों से खेला करते हैं।
पहले दुनिया की हर चीज में रंग भर दिया करते थे,
अब तो दुनिया की हर रंगीन चीज भी बेरंग सी लगती है।
तेरी यादों ने मेरे हाथ से ब्रश छुड़ाकर कलम पकड़ा दी,
एक कलाकार थी मैं, तेरी यादों ने शायरा बना दी।

यह कसूर फकत तेरा नहीं कुछ मेरा भी है,
क्योंकि यादें सिर्फ तेरी नहीं हमारी है।
पहले कभी दर्द नहीं था दिल में,
या था भी तो सिर्फ दिल में था।

अब सारे दर्द मेरी कलम से दुनिया में बहते है।

ख़ैर अब जो हो गया उसे बदल नहीं सकते,

कलाकार तो मर गया,

अब इस शायरा को कोई मार नहीं सकता।

जोकर

सबको हंसाता है सबका मन बहलाता है,

पर खुद के दिल में क्या है, कभी नहीं जताता है।

वो कभी नहीं रोता,

इसका मतलब यह नहीं कि उसे दुख नहीं होता।

सब उसे देखकर हंसते हैं,

सब उसे बहुत खुश समझते हैं।

पर शायद वो दिल पर एक बोझ रखकर सबके बीच आता है,

और सभी के बीच आकर खुद का दुख कुछ पल के लिए भूल जाता है।

कभी कोई उससे भी बात करता होगा,

क्या कभी कोई उसके लिए भी दिल में प्यार रखता होगा,

वह भी शायद यही सोचते हुए रात में सो जाया करता होगा।

वो खुश है या दुखी, ये कोई नहीं जानता,

क्योंकि हर कोई उसे उसके मुखौटे से है पहचानता।

कभी वक्त मिले तो उससे मिलकर आना,

क्या है उसके दिल में, ये तुम भी जानना और मुझे भी बताना।

ए बन्दे! जोकर से कुछ सीख ले,

कठिनाइयां कितनी भी हो, हर हाल में हंसना सीख ले।

कभी...

कभी मुझे भी मना लिया करो,

तुम्हे तो हमेशा मनाती हूँ।

कभी मुझसे भी हँसकर बात कर लिया करो,

तुमसे बात करते समय तो हमेशा मुस्कुराती हूँ।

कभी मेरे लिए भी समय निकाल लिया करो,

तुम्हारे लिए तो सारा काम छोड़कर आती हूँ।

कभी मेरी खुशी के लिए भी कुछ कर लिया करो,

तुम्हारी खुशी के लिए तो जान भी वार सकती हूँ।

कभी मेरा इंतज़ार भी कर लिया करो,

तुम्हारा इंतज़ार तो कबसे कर रही हूँ।

कभी मुझे भी प्यार कर लिया करो,

तुम्हे तो खुद से भी ज्यादा चाहती हूँ।

याद है....

मुझे याद है तेरा वो मुस्कुराना

मुझे याद है तेरा वो रूठना

मुझे याद है तेरा वो मानना

मुझे याद है तेरा वो मुझे ठुकराना|

भूल गया है तू मेरी वफ़ा

भूल गया है तू करना मेरी परवाह

भूल गया है तू वो मेरा साथ

भूल गया है तू वो वादे|

लेकिन,

भूली नहीं हूं मैं अपने उन आंसुओं को

भूली नहीं हूँ मैं अपने उस दर्द को

भूली नहीं हूँ उन जागी हुई रातों को

भूली नहीं हूँ मैं तुझको।

परंतु

भुलाना होगा तेरी यादों को

भुलाना होगा तेरे साथ को

भुलाना होगा तुझको

भुलाना होगा तेरे प्यार को।

लड़का होना आसान नहीं होता

रोकर भी आँसू छिपाना आसान नहीं होता,

घर की हर जिम्मेदारी उठाना आसान नहीं होता,

जन्म से ही 'तू ये बनना, तू वो बनना' सुनना आसान नहीं होता,

लड़का होना आसान नहीं होता।

अपने कमरे में सारी यादें छोड़कर बाहर पढ़ने जाना आसान नहीं होता,

परिवार के लिए ही परिवार को छोड़ना आसान नहीं होता,

रात भर जागकर भी सुबह काम पर निकलना आसान नहीं होता,

लड़का होना आसान नहीं होता।

बेवफ़ा, धोखेबाज़, फरेबी जैसे शब्द सुनना आसान नहीं होता,

बहन की रक्षा, बीवी को प्यार, और माँ का भी ध्यान रखना आसान नहीं होता,

खुद दुखी होकर भी दूसरों को मुस्कान देना आसान नहीं होता

लड़का होना आसान नहीं होता।

अंत में,

खुदको हमेशा कठोर बनाए रखना आसान नहीं होता,

कभी उसकी नज़र से भी देखो, लड़का होना आसान नहीं होता।

मरघट और शमशान

ना चाहते हुए भी हर किसी का अंजाम है,
कौन कब जाएगा वहाँ, इस बात से सब अनजान हैं,
उसके लिए न कोई बच्चा बूढ़ा ना नादान हैं,
वो मरघट है, वो है।

दफनाया गया है, जलाया गया है,
अपनो के द्वारा अपनों को वहाँ लाया गया है,
आखिर में बची राख को भी श्रद्धा से उठाया गया है,
वो मरघट और शमशान कहलाया गया है।

जहाँ मिट्टी का शरीर मिट्टी में मिल जाता है,
वहाँ जाने के बाद कोई अपना नहीं रह जाता है,

यादों को छोड़ पूरा इंसान दफन हो जाता है,

वो मरघट और शमशान कहा जाता है।

अंत में,

धन-दौलत सब पीछे रह जाता है,

इंसान का कर्म ही वहाँ साथ जाता है,

वहाँ जाकर कोई वापस नहीं आता है,

वो मरघट और शमशान कहा जाता है।

मैं भूल गयी थी हँसना

मैं भूल गयी थी हँसना,
मैंने छोड़ दिया था जीना,
जिसे माना था जहान मेरा
उसी ने कर लिया था किनारा,
लेकिन तुमने आकर मुझे दिया सहारा,
मुझे जीना सिखा दिया दोबारा,
अब मैं फिर से हंसने लगी हूँ,
फिर से जीना शुरू करने लगी हूँ,
और ये सच है कि तुम्हें चाहने लगी हूँ।

जो मुस्कान कहीं खो गई थी वो वापस आने लगी है,
जो हंसी कहीं छिप गयी थी वो चेहरे से झांकने लगी है,
ये सब सिर्फ तुमने किया है,

मुझे दोबारा जीना सिखाया है

तुम हमेशा मेरे साथ थे,

बेशक हमारे हाथों में हाथ न थे,

पर एहसास हमेशा साथवथे,

तुमने समझाया मुझे,

"साथ रहो, हमेशा खुश रखूँगा तुम्हें"

अंत में बस इतना ही,

शुक्रिया है तुम्हारा कि तुम मेरी जिंदगी में आए,

दूर होकर भी प्यार की रोशनी लाए,

तुमने अपने हर वादें निभाए,

मेरे संग हर वक्त मुस्कुराए,

आगे भी आशा करती हूँ

कि हमारा रिश्ता यूं ही चलता चला जाए।

पापा की बाइक

आज पापा की बाइक घर आई,

बहुत समय बाद उसे देखकर आँखें ही भर आई,

मैं फिर से उसकी सीट पर बैठी,

क्लच दबाई, गियर लगाई,

और फिर से पापा की बाइक चलाई।

फिर से मुझे वो पहले वाली खुशी मिल गई,

कुछ मिनटों के लिए ही सही, पापा की बाइक मिल गई,

लगा जैसे फिर से पापा की गोद मिल गई,

उसकी नंबर प्लेट पर साक्षी और देव देखकर दिल को एक राहत सी मिल गई,

मानो एक बार फिर से पापा की उंगली मिल गई।

मानती हूँ बाइक बिकने के बाद मुझे एक्टिवा मिल गई,

पर मेरे पास से पापा की बाइक छीन गई।

बाइक बाहर देखकर लगा जैसे पापा फिर से आ गए,

उनके साथ बिताए सारे लम्हें आँखों के आगे साकार हो गए,

आज फिर से दिल में एक टीस उठी की पापा हम सबसे दूर हो गए,

उनके साथ देखे सारे सपने काँच की तरह चकनाचूर हो गए।

ए चाँद तू ही बता ज़रा

ए चाँद तू ही बता ज़रा,

तुझे तो दिखता होगा ऊपर से पूरा माजरा

वो ठीक तो है ना?

क्योंकि अभी भी होती है मुझे उसकी फिक्र ज़रा।

ए चाँद तू ही बता ज़रा।

क्या वो मुझसे नाराज़ है?

या उसके दिल में भी कोई राज़ है?

क्या उसकी भी बातों में मेरा ज़िक्र है?

ए चाँद तू ही बता ज़रा,

तुझे तो ऊपर से दिखता होगा पूरा माजरा।

बहुत से जज़्बात अभी अनकहे हैं,

कुछ मुलाकातें अभी भी अधूरी हैं,

कई बातें होनी अभी पूरी हैं,

ए चाँद तू ही बता ज़रा,

तुझे तो ऊपर से दिखता होगा पूरा माजरा।

अंत में बस इतना ही,

ए चाँद अगर तू उससे मिले,

उस बता देना कि नहीं है अब मुझे उससे कोई गिले।

बड़ा बेटा

अपनो को टूटता देखकर

मैं भी कमजोर पड़तीहूँ,

इसके बावजूद मैं अपने घर का बड़ा बेटा बनना चाहती हूँ।

सब मुझसे आशाएं रखते हैं,

सब मुझसे प्यार भी करते हैं,

आशाएं तोड़ती भी हूँ और पूरी भी करती हूं,

हां, मैं अपने घर का बड़ा बेटा बनने की कोशिश करती हूँ।

सबका काम करती हूं,

सबका सम्मान करती हूँ,

सबकी भावना समझती हूँ,

सबके दुख में साथ देती हूँ

क्योंकि मैं अपने घर का बड़ा बेटा बनने की कोशिश करती हूँ।

सबका साथ देना है,

सबका ख्याल रखना है,

क्योंकि मुझे अपने घर का बड़ा बेटा बनना है।

और अंत में,

सब कुछ करना है, कुछ बनना है,

नाम सभी का रोशन करना है,

क्योंकि मुझे सच में अपने घर का बड़ा बेटा बनना है।

सपने

मेरे अधूरे सपने,

रह गए अधूरे क्योंकि साथ ना थे मेरे अपने।

खूब समझाया था सबने,

ये सपने नहीं है अपने।

पढ़लो कुछ बन जाओ,

नाम सबका रोशन कर दिखाओ

इन सपनों को तुम भूल जाओ,

पढ़ाई में अपना मन लगाओ।

ज़िद्द थी मेरी कि करना है कुछ हटकर,

चलना है मुझे इस भेड़चाल से हटकर।

बनाना है मुझे कुछ लिखकर,

याद करे दुनिया मुझे जिसे पढ़कर।

कोई नहीं दे रहा मेरा साथ,
कोई नहीं है ऐसा पकड़कर चल सकूं जिसका हाथ।
हर किसी की सोच को दूँगी मैं मात,
क्योंकि शायद व किस्मत है मेरे साथ।

कुछ कर जाऊँगी, कुछ बन दिखाऊंगी,
इस दुनिया में तारा बनकर चमकजाऊँगी।
अपने सपने पूरे कर जाऊँगी,
नाम अपनो का रोशन कर जाऊँगी।

मुस्कुराना है मुझे

मुस्कुराना है मुझे,

क्योंकि मैं उसे याद करके रो नहीं सकती,

माँ पूछेंगी क्यों रो रही हो तो कारण बता नहीं सकती।

मेरे साथ मेरे अपने हैं,

उनका साथ मैं भूल नहीं सकती।

मानती हूं उसे चाहती हूँ,

मानती हूँ वो मेरा प्यार है।

पर मैं क्यों रोउ जब मेरे साथ मेरे यार है,

वो मेरे दोस्त नहीं मेरा परिवार है।

वो चला गया, अब कुछ हो नहीं सकता,

मैं जियु या मरू, उसे फर्क नहीं पड़ता।

तो क्यों रोउ उसके लिए जिसे फर्क नहीं पड़ता,

मेरी माँ है मेरे साथ जिसका

मेरे एक आँसू से भी है दिल तड़पता।

तो अंत में बस इतना ही,

जब उसे फर्क नहीं पड़ता तो मुझे क्यों पड़े,

वो जहां है, जिसके भी साथ है, बस खुश रहे।

आज कुछ हटकर लिखते है

आज कुछ हटकर लिखते है,

तेरे प्यार के नशे से कुछ बाहर निकलते है।

जब भी लिखती हूँ तेरी याद आती है,

फिर कोई न कोई शायरी बन जाती है।

आज नहीं लिखूंगी तेरे बारे में, न तेरे लिए,

लिखना है आज मुझे कुछ अपने लिए।

लिखूं क्या इसी की है कश्मकश

अभी तेरे लिए लिखना होता तो लिख लेती कुछ दिलकश।

तुझे लिखूं ये अब मुझमें शौक नहीं,

पर लगता है मैं जहां थी हूं वही।

क्योंकि कुछ हटकर मैंने लिखा नहीं,

नहीं नहीं मैं भी लिख दिया तुझे ही।

देख तेरी कितनी आदत पड़ चुकी है मुझे।

नहीं लिख सकती कुछ हटकर,

देख तूने क्या कर दिया मेरी ज़िन्दगी में आकर।

नहीं रही मैं बस तू ही तू बचा,

देख तूने कैसा स्वांग रचा।

अंत में बस इतना ही,

कुछ लिखा पर वो हटकर नहीं,

कुछ भी लिखो याद आते हो तुम्ही।

माफ कर दे मुझे

माफ कर दे मुझे

कुछ ज्यादा ही बोल दिया तुझे

मैं ये नहीं कहती कि मेरी खता नहीं,

तुझसे खफा रहूं मुझमें ये हिम्मत नहीं,

याद कर वो पल जब साथ थे हम

उन पलों को याद करके आज भी आँखे हो जाती है नम।

कितनी खुशी थी, न था कोई भी गम।

आज भी मेरा प्यार उतना ही है नहीं हुआ है कम।

मैं 'मैं' ही हूं, तू 'तू' ही है बस कहीं खो गए है हम।

उस रिश्तें का कोई नाम नहीं था,

पर वो रिश्ता बिलकुल आम नहीं था।

कुछ भी नहीं था तुझसे खास।

आज भी है उम्मीद, है दिल में एक आस,

कि तू वापस लौटकर आएगा मेरे पास।

गलती की सजा मिल गई मुझे,

आज भी करती हूं प्यार तुझे।

अब बस इतना और कहूँगी,

एक बार वापस आजा तुझे कहीं जाने न दूँगी।

वो दिन....

मुझे लौटा दो वो पुराने दिन,

यारों अब नहीं रहा जाता तुम्हारे बिन।

खिड़की से झांकना,

वो क्लास से भागना।

मैडम की डांट जो कभी बड़ी बूरी लगती थी,

आज वही बड़ी याद आती है।

एक टिफिन में चार हाथ,

एक बॉटल चार के हाथ।

मैंथ्स वाले सर, वो इंग्लिश वाली मैडम,

जिन्हें चाहते भी थे और डरते भी थे हम।

कोई वो दिन वापस ला दो,

कोई वो बचपन लौटा दो,

कोई फिर से उंगली पकड़कर,

उस क्लास तक पहुंचा दो।

कोई फिर से उन दोस्तों से मिला दो।

कोई वो दिन वापस लौटा दो|

अब मैं तुझसे नफरत करती हूँ।

हाँ, अब मैं तुझसे नफरत करती हूँ।
अब तेरी तस्वीर से बातें नहीं करती हूँ ,
अब पुराने वॉटस्प कनवरसेसन खोलकर उन्हें दोबारा नहीं पढ़ती हूँ ,
तेरे साथ बिताए लम्हों को हर वक्त नहीं सोचती हूँ,
हां, मैं अब तुझसे नफरत करती हूँ।

अब तुझे अपना खुदा मानकर इबादत नहीं करती हूँ ,
अब तेरी दी उस चॉकलेट के रेपर को बार बार नहीं देखती हूँ,
अपनी डायरी पलट पलट कर तेरे ज़िक्रवाले पन्ने नहीं पढ़ती हूँ,
तेरी आँखों के नशे में अब चूर नहीं होती हूँ,
हां, अब मैं तुझसे नफरत करती हूँ।

अब तेरे एक मैसेज के इंतज़ार में रातभर नहीं जागती हूं,

अब तेरा एक स्टेटस देखकर खुशी से नहीं उछलती हूँ,
अब तेरे ऑनलाइन होने पर भी मैसेज नहीं करती हूँ ,
तेरे साथ खीची उन तस्वीरों को दोबारा नहीं देखती हूँ,
हां अब मैं तुझसे नफरत करती हूँ।

अंत में बस इतना ही कहूँगी,
खुद से हर दिन, हर घंटे, हर पल, ये झूठ बोलती हूँ,
तेरी दी हुई हर याद को उतना ही संजो कर रखती हूँ,
फिर भी पता नहीं क्यों खुद से ये झूठ बोलती हूँ
कि मैं तुझसे नफरत करती हूँ।

अलग ही मजा है

वो माँ की डांट का,

वो पापा की फटकार का,

वो भाई-बहन के झगड़े का,

वो परिवार की हल्की नोक झोंक का,

अलग ही मज़ा है।

वो क्लास के बीच में लंचकर ने का,

वो लेक्चर के टाईम लिखकर बातें करने का,

वो अपने फेवरिट टीचर को इंप्रेस करने का,

वो दोस्त के बैठने से पहले बेंच पर पेन रखने का,

अलग ही मज़ा है।

वो कोचिंग में बैठकेर चैटिंग करने का,

वो बच्चों की संख्या गिनकर टीचर की इंकम निकालने का,

क्लास के बाद पानी पूरी खाने का,

"आज नहीं जाते यार" बोलकर क्लास बंक करने का,

अलग ही मज़ा है।

वो बेवजह स्कूटी से घूमने का,

वो गैंग बनाकर पैदल चलने का,

वो एक आइसक्रीम में कई चम्मच डालकर खाने का,

वो ग्रुप सेल्फी में मुंह बनाकर तस्वीर खराब करने का,

अलग ही मज़ा है।

वो क्रश को स्टॉक करने का,

उसकी हर फोटो सेव करने का,

उसे इम्प्रेस करने के लिए तैयार होने का,

हर वक्त उसीके बारे में सोचने का,

अलग ही मज़ा है।

अंत में

हर बात का अपना अलग मज़ा है,

पर अगर दोस्त साथ ना हो तो ये ज़िंदगी ही सज़ा है।

नई सी बात

बहुत नई सी बात है,
पुरानी नहीं नई सी बात है,
तब आप मेरे लिए सब कुछ थे,
हर लफ्ज़, हर दुआ में शामिल थे,
हर वक़्त, हर पल दिल और दिमाग में थे,
सब बड़ा प्यारा सा लगता था,
जैसे मिला जीने का एक सहारा सा था|

फिर आया कहानी में एक नया मोड़,
जिससे मुझे लगा आप देंगे मुझे छोड़,
हाँ, एक नई मोहतरमा आई आपकी ज़िन्दगी में,
जिन्होंने सब बदल दिया पल भर में
अब मुझे आपके बारे में सोचने का मन नहीं करता था,

पर आपने इस दिल में घर कर रखा था,

मैं मानती हूं मैंने बातें करना बंद कर दी थी,

आपसे काफी दूरी बढ़ा ली थी,

पर आपकी हर तस्वीर अपने पास रखी थी,

और देखिए आज मेरा इंतज़ार रंग ला रहा है,

मेरा प्यार आपको मेरी तरफ वापस ला रहा है|

पता है मुझे आप कभी मेरे हो नहीं सकते,

यह जो धर्म नाम की खाई है इससे हम बच नहीं सकते|

पर कोई बात नहीं हम दोस्त ठीक है,

यह रिश्ता हमारा सबसे प्यारा है,

क्योंकि आपने अपना दिल उन मोहतरमा पर हारा है

अंत में बस इतना ही कहूँगी

मुझे भूल मत जाना,

आपकी फिक्र करती हूं ये भूल मत जाना,

कुछ भी हो जाए,

किसी का भी साथ मिल जाए,

हमारी दोस्ती बस यूंही चलती चली जाए।

उसे पसंद है

मेरी नेल पॉलिश से लेकर लिपस्टिक तक,

मेरी ड्रेस से लेकर मेरी सैंडल तक,

उसने कहा था उसे पसंद है।

मेरी हर एक अदा से लेकर मेरी चाल तक,

मेरी मुस्कुराहट से लेकर मेरी खिल खिलाहट तक,

उसने कहा था उसे पसंद है।

मेरा दिन से लेकर रात तक बात करना,

कुछ मेरी सुनना, कुछ अपनी बताना,

उसने कहा था उसे पसंद है।

मेरा छोटी छोटी बातों पर नाराज़ होbजाना,

उसके मनाने पर झट से मान जाना,

उसने कहा था उसे पसंद है।

उसकी बाहों में गुम हो जाना,

उसके बालों में हाथ घुमाना,

उसने कहा था उसे पसंद है।

उसके साथ समय बिताना,

उसकी छोटी बड़ी परेशानियों में साथ देना,

उसने कहा था उसे पसंद है।

अंत में,

पहले हर लम्हा मेरे साथ बिताना,

पूरा दिन मेरे साथ गुज़ारना,

उसने कहा था उसे पसंद है।

और अब मुझसे दूर रहना,

मेरी हर बात नज़रअंदाज़ करना,

मुझे लगता है उसे पसंद है।

जादूगर

वो किसी जादूगर से कम न थे,
मेरी हर ख्वाहिश पूरी करते थे,
हाँ, ऐसे जादूगर मेरे पापा थे।

कुछ भी बोलो हंसकर करते थे,
कभी मेरी बात न टालते थे,
एक आंच भी मुझपर न आने देते थे,
हाँ, ऐसे जादूगर मेरे पापा थे।

मेरे चेहरे पर एक शिकन क्या आती थी,
मानो खुद उन पर ही कहर ढा जाती थी,
कुछ भी करके वो उस शिकन को हटाते थे,
मेरी मुस्कान वो वापस लाते थे,

हाँ, ऐसे जादूगर मेरे पापा थे।

जैसे उस कहानी वाले जादूगर की जान उस तोते में थी,
वैसे ही मेरे पापा की जान मुझमें थी,
मेरी खुशी उनकी खुशी से बढ़कर थी,
मेरे आँसू तो जैसे उनके लिए मोती थे,
हाँ, ऐसे जादूगर मेरे पापा थे।

सब अच्छा चल रहा था,
मेरे पापा मेरी हर ख्वाहिश पूरी करते जा रहे थे,
पर उन्हें और मुझे क्या पता था
कि ये कुछ आखरी लम्हें हम साथ में बिता रहे थे,
ऊपर बैठे उस जादूगर ने नाजाने क्या सोच लिया,
उस जादूगर ने मेरे इस जादूगर को मुझसे छीन लिया,
ए उपरवाले जादूगर! क्यों उनको मुझसे छीन लिया?

क्यों उनको मुझसे छीन लिया?

वो आज बहुत खुश थी

उसके चेहरे पर एक अलग सी चमक थी,

उसकी बातों में एक नई सी चहक थी,

उसकी चाल में नई सी लहर थी।

वो खुश हो भी क्यों न

आज वो घर जाने वाली थी,

हॉस्टल से पहली बार अपने घर जाने वाली थी,

कई दिन बाद माँ के हाथ का खाना खाने वाली थी,

कई दिन बाद अपने भाई से बिस्तर के लिए झगड़ने वाली थी,

कई दिन बाद पापा की प्यार की थपकी से सोने वाली थी,

कई दिन बाद दादी-बाबा से मिलने वाली थी,

वो हॉस्टल से पहली बार अपने घर जाने वाली थी।

अब बस उसे इंतज़ार था कि कब पापा उसे लेने आए,

कब वो अपने घर के दरवाजे से होकर अंदर जाए,

कब अपनी बिछड़ी हुई सहेलियों से दोबारा मिल पाए,

कब अपने पालतू कुत्ते को प्यार कर पाए,

कब जाकर अपने बिस्तर पर लेट पाए,

अब बस उसे इंतज़ार था कि कब पापा उसे लेने आए।

सच में हॉस्टल से पहली बार घर जाने की खुशी ही अलग होती है,

उस पल की खुशी बेइंतहा बेपनाह होती है,

हॉस्टल की जिंदगी, जिंदगी में सबसे खूबसूरत होती है।

तुम.....

तुम वो नाम हो जिसे हर कोई मेरे हाथों की मेहंदी में तलाशता है।

तुम वो अल्फाज़ हो जिसका ज़िक्र मेरी हर कविता में होता है।

तुम वो खयाल हो जिसके आते ही दुनिया रुक सी जाती है।

तुम वो एहसास हो जो पास नहीं पर दिल में बसा है।

तुम वो दर्द हो जो मेरी रूह को भी तड़पाता है।

तुम वो सुरूर हो जो एक बार चढ़ा है तो उतर नहीं रहा है।

तुम वो ज़िक्र हो जिसके आते ही मेरे लबों पर मुस्कान आती है।

तुम वो आँसू का ज़र्रा हो जो मेरी आँखों से निकलना नहीं चाहता है।

तुम वो दाग हो जो मेरे दामन से कभी मिट नहीं सकता है।

तुम वो साँस हो जिसके थमने से जिंदगी खत्म हो जाती है।

तुम मेरी वो याद हो जिसे कोई भूला नहीं सकता है।

तुम वो संजीवनी हो जो मुझे ज़िंदा रखती है।

अंत में

तुम मेरे दिल का वो खाली कोना हो जिसे कोई भर नहीं सकता है।

बाकी सब ठीक है

किसी ने मुझसे पूछा "कैसी हो?"

मैंने कहा "ठीक हूं"

उसने बोला "कैसे?"

मैंने कहा,

“अब पूरे पूरे दिन बात नहीं होती,

अब बिल्कुल भी मुलाकात नहीं होती,

मैं उसके सुख-दुख में उसके साथ नहीं होती,

मेरे मैंसेज से अब उसे खुशी नहीं होती,

बाकी सब ठीक है।

हमने स्टेटस से बात करने का तरीका निकाल लिया,

उसने मुझसे दूर रहने का बहाना ढूंढ लिया,

उसने जीने का नया सहारा ढूंढ लिया,

मैंने भी अपने आँसू छिपाना सीख लिया,

बाकी सब ठीक है।

मैं अब उसकी डॉल नहीं हूं,

न ही मैं उसके मुस्कुराने का कारण हूँ,

न तो उसके देर तक जागने की वजह हूँ,

मैं तो बस उसकी एक गलती हूँ,

बाकी सब ठीक है।

अब हम साथ नहीं है,

अब हमारे बीच कोई जज़्बात नहीं है,

अब हम एक दूसरे की खुशी नहीं है,

अब हम साथ नहीं है,

बाकी सब ठीक है।"

माँ

हमको जन्म दिया है जिसने

माँ है वो, प्यार ही प्यार भरा है उसमें।

बच्चो की खुशी हो जिसमें

माँ भी रहती है खुश उसमें।

माँ के खाने का क्या कहना

मन करता है बस खाते ही रहना।

माँ तो हमारे लिए जान है वारती।

वो और बात है कि कभी कभी वो हमें है मारती।

दिनभर थकती, काम है करती

लेकिन फिर भी एक उफ़ न करती।

मेरी हर बात वो मानती

दुनिया में सबसे ज्यादा मुझे है चाहती।

मुझे नहीं मानना किसी का कहना

मुझे तो हमेशा उनके साथ में है रहना।

जिसके आँचल के नीचे है दुनिया मेरी

जिसके चरणों के नीचे है जन्नत मेरी

वो है दुनिया की सबसे प्यारी मम्मी मेरी।

आखरी पल

हर बात अच्छी लगने लगी,

सब रिश्तें प्यारे होने लगे,

अर्थ का मोह छूटने लगा,

आखरी पल जब सामने आने लगा।

सबको अच्छे हम लगने लगे,

हर कोई हमारा साथ चाहने लगा,

हर कोई सहारा देने को तैयार होने लगा,

आखरी पल जब सामने आने लगा।

जब तक ठीक थे सबको बुरे लगे,

जब सही चल रहे थे हर कोई गिराने में थे लगे,

अब हर कोई सहारा देने लगा,

आखरी पल जब सामने आने लगा।

जब हमारे पास वक्त था हम फिजूल लगे,

हर कोई हमसे दूर रहने लगा,

पर अब सबको हमारा साथ भाने लगा,

आखरी पल जब सामने आने लगा।

अंत में,

इतना ही अगर हम अच्छे लगे,

हमारा साथ इतना भाने लगा,

हमे सहारा इतना मिलने लगा,

तो ये सब तब क्यों हुआ,

जब आखरी पल सामने आने लगा?

उनके साथ वक्त गुज़ारना

उनका हमे यूं गले से लगाना

हमारी रूह का उनकी रूह को छू आना,

बड़ा अच्छा लगता है हमे।

उनका हमारा साथ निभाना,

दिल तो चाहता है ऎसे ही उनके साथ पूरी ज़िन्दगी गुज़ारना,

बड़ा अच्छा लगता है उनके साथ वक्त गुज़ारना।

हमारा उनका उन्ही से उन्ही को मांगना,

उनके साथ नए नए सपने सजाना,

जाते जाते उनका यूं मुड़कर देखना,

उनकी आँखों में खुद को तलाशना,

बड़ा अच्छा लगता है उनके साथ वक्त गुज़ारना।

अपनी धड़कन में उन्ही की अवाज सुनना

हर खयाल उन्ही के इर्द गिर्द बुनना

उनके साथ से दुनिया का रुक सा जाना,

सच में, बड़ा अच्छा लगता है उनके साथ वक्त गुज़ारना।

अंत में,

उन्हें अपना बनाना,

उन्हें खोने से डरना,

हर पल सिर्फ उनके लिए जीना,

हर खयाल उन्ही पर शुरू होना,

हर नज़्म उन्ही पर खत्म होना,

कसम से, बड़ा अच्छा लगता है उनके साथ वक्त गुज़ारना।

बाकी है....

खुलकर बोलने दो,

दिल के राज़ खोलने दो,

जो मन में है उसे लबों तक आने दो,

सब कुछ कह जाने दो,

क्योंकि बातें अभी बाकी है।

कुछ पल और ठहरने दो,

कुछ यादें ताजा करने दो,

कई बातें पूरी करने दो,

थोड़ा और साथ में रहने दो,

क्योंकि वक्त अभी बाकी है।

लोगों से घुलने मिलने दो,

कुछ कहने और सुनने दो,

वक्त साथ गुज़ारने दो,

थोड़ा प्यार लुटाने दो,

क्योंकि रिश्तें अभी बाकी है।

अंत में,

सबके साथ रहने दो,

सबकी यादें रखने दो,

सबसे मिलकर रहने दो,

सभी से प्यार करने दो,

क्योंकि दुनिया अभी बाकी है।

www.ingramcontent.com/pod-product-compliance
Lightning Source LLC
LaVergne TN
LVHW040826051026
849519LV00007BA/2758